배추꽃향기

와룡동의 아이들 6

배추꽃 향기

전하리 글·그림

북하우스

부드러운 5월의 미풍에 녹아든 햇살은
막내 미영이의 볼을 닮았다.

마당 한 구석, 조그만 돌들이 옹기종기 모여 앉은
세 평 남짓한 텃밭 안에는
올해도 어김없이 엄마가 심어 놓으신 푸성귀들이
햇살을 향해 연둣빛 고운 얼굴을 내밀고 있었다.

엄마는 유난히 봄을 많이 타신다.

산에 들에 피어나는 봄꽃들.
봄나물들.

서울 들녘 지천에 우후죽순 피어나는 쑥과 냉이가
엄마의 향수병을 더욱 새롭게 만들곤 한다.

그런 탓일까…….
엄마는 언제나 좁은 마당 한 구석에
고향의 텃밭을 작은 모형으로 옮겨 놓듯
손수 씨앗을 심고 호박과 상추 등을 심으셨다.

어느새 송곳니처럼 삐쭉삐쭉 자라나고 있는 부추 사이에
제법 모양을 갖추어가는 상추와 쑥갓이
경쟁하듯 서로의 키를 늘이고 있었다.

텃밭 안에는 어디선가 날아 들어온

강아지풀이며 억센 발을 지닌 명아주도 함께 살고 있다.

잡초는 참으로 신기한 식물들이다.

언제나 그들은 그 어떤 식물보다 빨리 자란다.

해바라기처럼 잘도 자란다.

어느 해 엄마는

"그래. 너희들도 목숨 붙은 생물인데,

너희도 살겠다는데……"라며

잡초 뽑기를 그만두셨다.

큰딸 미화는 여느 때처럼 막내 여동생 미영이를 업고,

저녁 밥상에 구수한 된장과 함께 오를

여문 상추와 쑥갓을 고르시는

엄마를 바라보고 있었다.

미화가 소쿠리 안에 담겨지는 풋풋한 향내의 채소들을 바라보며
맛난 저녁 식사시간을 기대하고 있을 때,
둘째 미경이와 셋째 미숙이는 간장독 앞에서 계속 놀고 있었다.

시원한 산바람, 솔바람에 한낮의 나른함을 날리듯
간장독은 맑고 밝은 봄 바람, 봄 햇살에 찰랑거리며
흥겨운 일광욕을 하고 있었다.

장손 집안인 미화네는 간장독만큼은 언제나 풍년이었다.

서울과 지방에 흩어져 사는 이모네들이 다니러 올라치면

엄마는 외할머니처럼

직접 담그신 된장이며 고추장을 손수 담아 주셨다.

가난 속에서도 항아리 속의 인심만은 풍성했었다.

둥둥 떠 있는 메주가 엄마의 손 안에서

맛난 막장이며 된장으로 탄생하는 마술의 근원지도

바로 이 간장독이었다.

"으아아악~ 짜! 우웩!!"
"퉷, 퉷!!!"

셋째 미숙이의 역한 비명소리에 엄마는

간장독 앞에 놀고 있던 미경이와 미숙이를 바라보았다.

아이들은 심상치 않은 표정으로 간장독 앞에서

무엇인가 일을 저지르고 있었다.

간장독에 손가락을 집어넣어

노란 메주와 숯, 마른 홍고추를 가지그 놀던 미경이는

슬금슬금 아지랑이처럼 피어오르는 짠 내를

온몸으로 느끼고 있었다. 그러다가 ㅇ내 호기심이 일어,

그 짜디짠 집간장을 야금야금 찍어 뜨고 있었던 것이다.

언니의 모습을 보며 덩달아 날름날름 간장을 찍어 먹던 미숙이는

어느 순간, 그 짠 맛에 혀가 오그라드는 것 같았다.

눈까지 찔끔 감고 켁켁거리며 침을 나 뱉는 미숙이를 보며

혹여 간장이 못 쓰게 될까 봐 엄마는 급한 걸음으로 달려갔다.

동그랗고 얌전한 얼굴 때문에

개구쟁이라 상상이 안 되는 미경이가

오늘은 간장독을 놀잇감으로 점찍어 놓은 것이었다.

짜기만 한 줄 알던 집간장이 시간이 흐를수록 약방의 감초처럼
달달하게 감칠맛으로 남아 있는 걸 안 미경이는
간장독이 자신의 놀잇감이 될 수 있음을 확신했다.
이어 미경이는, 짠맛에 제정신이 아닌 미숙이를 향해
여유 있는 웃음까지 보이는 것이었다.

엄마는 얼른 부엌으로 가서 물을 마시라고 말씀하시며
아무래도 큰일나겠다며
서둘러 간장독을 덮으려는 순간이었다.

“어머나! 세상에…….”
“세상에…….”

상기된 엄마의 짧은 외마디 외침 속엔
설렘이 함께 노래하고 있었다.

"세상에~ 이쁘기도 해라……."

"어쩌면, 언제 이렇게……."

계속되는 엄마의 흥분된 목소리는

소녀처럼 곱게 떨리고 있었다.

"배추 씨앗이 언제 여기 떨어진 걸까?"

동생들을 꾸짖지 않고 오히려

행복한 얼굴로 항아리 앞에 서 계신 엄마를

큰딸 미화는 의아해하며 바라보았다.

"미화야! 애들아! 얼른 와 봐라!"

무슨 큰일이라도 생긴 냥

엄마는 서둘러 딸들을 항아리 앞에 불러 모으셨다.

"애들아, 여……여기를 보렴……. 이 노란 꽃을 보려무나……."

"배추꽃…… 배추꽃이 여기에 피었구나.

세상에, 언제 이렇게 피어 있었는지……."

엄마는 보물이라도 발견한 듯 신기한 미소로

항아리 앞을 향해 말씀하고 계셨다.

"어, 어디! 어떤 게 배추꽃인데요?"

큰딸 미화가 막내 미영이를 업고 달려왔을 때

노란 배추꽃은 화사한 얼굴로 엄마를 바라보고 있었다.

간장독 옆에 누군가 밤새 옮겨다 놓은 듯

노란 배추꽃 무더기가

분분이 그 얼굴을 바람에 날리며 피어 있었다.

엄마는 어린 시절 동네에

유난히 배추꽃이 많이 피었다고 말씀하셨다.

해질녘 할머니의 밭일을 돕다가

배가 고플 때면 봄동산 가득 피어 있던 배추꽃을

찔레꽃잎처럼 간식인 냥 하나씩 둘씩 따먹었다고 하셨다.

봄 들녘에 한아름씩 피어나 있던 노란 배추꽃과 보라색 무꽃이

때로는 순박한 시골 총각들의 사랑 고백 도구이기도 했다고

엄마는 수줍게 말씀하셨다.

숨겨 놓은 듯한 엄마의 미소 속에서 뭔가를 감지한 미화는

아빠와의 연애 시절을 이야기해 달라며 조르기 시작했다.

엄마는 미소로만 대신했다.

엄마아빠와의 사랑 이야기가 아무래도 궁금해진 미화는

그 옛날 엄마는 아빠한테서 배추꽃을 받은 적이 없냐며 캐물었다.

끈질긴 미화의 조르기가 시작될 때 엄마의 눈동자는

어느새 노란 배추꽃으로 물들어 있었다.

오후의 햇살을 타고 들어온 배추꽃 향기가

마당 한 가득 넘실거릴 때

엄마의 얼굴은 환하게 빛나기 시작했다.

엄마는 같은 동네에 살고 있는 아빠를 남몰래 흠모해 왔었단다.

언제 보아도 성실하고 부모에게 둘도 없는 효자이시던 아버지.

줄줄이 달린 동생들의 학비를 위해 자신의 삶은 뒤로하고

언제나 희생하시던 아버지.

엄마는 그런 아버지를 사랑할 뿐 아니라 존경했었다고 했다.

하지만 마음뿐, 오래도록 가슴앓이를 해 왔다고 하셨다.

그런데 실은 아버지도 엄마를 무척 사랑스럽게 생각했었더란다.

복스럽고 탐스런 얼굴과 착한 미소가

그 누구보다 아름다웠던 엄마를……

교회 성가대에서 찬양하는 엄마의 그 천사 같은 목소리와 모습에

아빠도 남몰래 연정을 품고 계셨다는 것이다.

서로 좋아하는 마음은 있었지만 열 살이나 되는 나이를

극복하기엔 양가의 반대가 있을 것을 예상하셨기에

아버지는 그저 마음속에 엄마를 두었을 뿐이었단다.

사랑은 참으로 신기하다.

그 모든 것이 사랑 앞에 아무런 걸림돌이 되지 않는다는 사실…….

우연 같은 필연이 사랑으로 엮어지던……

시골 초가지붕마저 자연 속에서 넉넉한 숨을 쉴 때,

해질녘 들판에 노랗게 피어 있던 수많은 배추꽃이

어느 날엔가 엄마를 향해 걸어오더란다.

그렇게 가슴 가득 노란 배추꽃을 들고

아버지는 엄마에게 사랑을 고백했다.

엄마는 그날의 풋풋한 배추꽃 향기를 영원히 잊을 수가 없단다.

엄마에게도 그런 연애 시절이 있었다니…….

자신의 고백인 양 미화의 상기된 얼굴은

미소 속에 식을 줄 몰랐다.

그 은은한 향기에 취한 듯 엄마의 어린 시절 이야기는 계속되었다.

비빔밥에 배추꽃을 넣어먹기도 하고, 물김치도 해 먹고……
먹을 것이 넉넉지 않은 그 시절은
꽃마저도 일용할 양식이 되었다.

배추꽃도 나름대로 맛있다는 엄마의 말이 땅에 떨어지기도 전에
둘째 미경이는 어느새 배추꽃잎을 입에 가져갔다.

쌉싸래한 듯 매콤한 맛, 향긋한 오이 맛과 아카시아꽃 맛을

섞어 놓은 듯 은은한 향기의 배추꽃 맛.

먹보 미경이는 처음엔 배추꽃의 줄기 부분만 뜯어 먹더니

생각보다 맛있는지 금세 신명난 얼굴이 되어

배추꽃 전부를 다 따 먹을 기세다.

해마다 봄이 오면

진달래니 아카시아니 꽃을 먹길 좋아했던 미경이가

어느 해 너무 많은 진달래꽃을 먹고

탈이 났던 것을 기억하는 엄마는

배추꽃을 그만 먹으라고 타이르셨다.

그 때문인지 몰라도 미경이는

어느 자매들보다 꽃 이름들을 잘 꿰고 있었다.

그리고, 먹어도 되는 꽃과 먹어서는 안 될 꽃들을

곧잘 구별해내었다.

"배추꽃의 낭만이 없었다면,

그 속에 사랑이 살고 있지 않았다면,

어쩌면 너희 육남매들은…… 호호호……."

웃음 끝을 흐리시는 엄마의 월남치마에 봄바람이 스친다.

엄마는 갑자기, 해도 해도 표시가 나지 않는

산더미같이 쌓인 집안일들이 기억이라도 난 듯이

이제 막 소쿠리에 담겨 풋내 성성한 푸성귀들을 안고

부엌으로 향하셨다.

소녀처럼 수줍은 듯 얼굴이 붉어진 채

서둘러 부엌으로 들어가시는 엄마를 보며

미화는 엄마의 소중한 추억이 향기로 남아 있는

항아리 아래 노란 배추꽃을 새삼 정답게 바라보았다.

엄마의 사랑이 살아 숨쉬는 꽃.

엄마 아빠의 향기가 숨어 있는 꽃.

앞으로 나도 은은한 향기의 너를 사랑하게 될 것 같아.

좋아하게 될 것 같아…….

10월의 끝자락에 스치는 오후의 햇살은

어느새 마른 풀 바람을 가랑잎처럼 날리고 있었다.

엄마는 곱게 접은 분홍색 보자기를 보물처럼 두 손에 들고
큰딸 미화를 바라보았다.

"미……미화야!"
"엄마랑 저기 용산시장에 좀 갔다 오자."
깊어만 가는 가을하늘 같은 엄마의 맑은 눈에
이슬처럼 무언가가 녹아갔고
마른 입술은 조용히 떨리고 있었다.

"명호야, 미화랑 장에 다녀올 테니 동생들 좀 돌보고 있거라."
장남 명호를 보며 엄마는 부탁하듯 말하였다.

"예……. 엄마, 그럴게요."

명호가 동생들을 한차례 돌아보더니 막내를 안고서
안심의 눈빛을 엄마에게 보낸다.
동생 미경이와 미숙이는 종이인형놀이에 푹 빠져 있었다.

미화는 서둘러 댓돌 위에 올라앉아 있던 빨간 헝겊 운동화를
주워 신고 재빨리 엄마의 손을 잡으며 뒤따라가고 있었다.

엄마의 손을 잡고 토끼처럼 깡충거리며 뛰어가는

동생 미화와 엄마를, 명호는 시선을 거두지 못하고

오랫동안 배웅하였다.

때론 친구처럼 벗이 되어주던 든든한 장녀 미화.

"미화, 네가 있어서 좋다……."

장남 명호는 자신도 모르게 소리내어 미화를 응원하고 있었다.

와룡동 가파른 언덕길을 미끄럼 타듯 바쁘게 내려온
엄마와 미화는 어느새 버스정류장 앞에 서 있었다.

엄마 손에 꼭 쥐어져 있는 보자기를 보면서
혹시나 하는 생각이 있었지만
엄마의 그늘진 표정을 금세 읽어 버린 미화는
보자기를 쥐고 있는 엄마의 손을 더욱 세게 감싸 쥐었다.

법 없이도 사는 사람이라며
이구동성 동네 어른들이 아버지를 칭찬하곤 했지만,
그토록 성실하기만 한 아버지건만…….
아버지는 제때에 임금을 받지 못하실 때가 잦았다.

가정 형편으로 공부를 많이 못하신 아버지가 선택하신 직업이
힘든 건축일이지만, 그마저도 때로 일감이 없거나
비나 눈이라도 내려 쉬게 되는 날이 많으면
임금은 줄어드는 형편이었다.

그러기에 미화는, 가난한 살림을 말없이 꾸려가는
엄마와 아빠를 누구보다 잘 이해하고 있었다.

오늘도 그리 흔쾌한 시장 나들이는 아닐 것이라는 생각을
하고 있을 때, 멀리 오토바이 주둥이를 쪽 빼닮은
세발 용달차가 쓰러질 듯
휘청거리며 지나갔다.

버스

이윽고 기다리던 85번 시내버스가 바람 속을 가르며,
차장언니의 지휘 아래 미화가 서 있는 정류장을 향하여
멈추어 섰다.

성북동
버스

오후 3시경.

한산한 시내버스 안에는 드문드문 자리가 비어 있었다.

차장언니의 "오라이~~!" 소리가 호령하듯 떨어지고서야

버스는 속력을 내어 달렸다.

버스는 곧 창경궁을 지나고 있었다.

어느새 버스는 서울의 최고 명물인,

31층 고층 빌딩이 탑처럼 우뚝 서 있는 삼일빌딩 앞을

지나고 있었다.

차장언니가 최소한 하루 서너 번씩은 오고가며 보았을

청계천 길 도로변에 있는 삼일빌딩.

하얀 와이셔츠에 넥타이를 멋지게 맨 도시의 샐러리맨들이

시골처녀인 차장언니의 마음을 설레게 하지만,

차장언니는 애써

무심한 눈길을 허공 속에 던지는 듯했다.

미화 역시 성냥갑처럼 작아지며

시야 속으로 사라져가는 삼일빌딩을

아쉬운 듯 바라보고 있었다.

육남매 중 유일하게 미화만이 차멀미를 하지 않았다.

유난히도 동그란 얼굴이

어린 시절 엄마의 모습과 많이 닮았다며

동생 미경이를 유독 예뻐하시던 둘째 외삼촌이

시골 구경을 시켜 주겠노라 미경이를 데리고 내려가시던 날.

외삼촌은 백지장처럼 창백한 얼굴로 석고처럼 굳어버린

미경이를 안고 놀란 모습으로 황급히 돌아오셨었다.

기차를 타야 하는 서울역에 당도하기도 전
버스로 10분도 채 가지 않은 종로통어 서
미경이는 심한 차멀미로 거의 생사를 오고갔던 것이다.

그 덕분에 대부분의 나들이엔 차멀미를 하지 않는
큰언니가 엄마와 함께 단골로 버스에 오르곤 했다.

그러기에 오늘처럼 엄마와 함께 용산시장을 가다가
신기하기만 한 31층 빌딩을 육남매를 대표해 보고 와서는
딴 세상 이야기인 양 새롭게 들려주곤 했던 것이다.

얼마 전 시골에서 서울 사는 딸집을 방문하셨던 외할머니가
제일 처음 서울 나들이를 다녀오신 곳도 바로 저 삼일빌딩이다.

서울에 백두산만큼 높은 빌딩이 생겨났다는 소문만 듣던 할머니는
외삼촌들의 안내로 직접 그 사실을 두 눈으로 확인하시고는
산처럼 높은 고층 빌딩의 경이로움에
서울에 계신 며칠 동안 혀를 내두르시던 일이 있었다.

그때 장남 명호의 손을 잡고 자랑스럽게 그 빌딩 현관문을

걸어 나오시다, 커다란 유리문을 제대로 못 본 명호가

투명 유리에 이마를 꽝 하고 부딪쳤었다.

이내 붉어진 이마를 어루만지시던 할머니는 대문보다 커다란

유리문을 신기한 듯 만져보고 또 만져보다 애꿎게

유리문만 원망하며 돌아 나오신 곳도 바로 저 삼일빌딩이었다.

유난히 많은 사람들의 행렬이 줄을 이루는 서울역을 지나자마자

엄마는 한 걸음씩 내릴 준비를 하고 계셨다.

이윽고 차장언니가

큰 소리로 용산시장 앞에서 내릴 손님들을 불러 내고 있었다.

미화도 서둘러 엄마 손을 잡고 의자에서 일어섰다.

시장 역에 내리자마자

큰 소리로 호객하며 물건을 파는 상인들의 목청소리가

풍악소리처럼 용산시장 하늘에 흥겨은 메아리를 울리고 있었다.

파도가 넘실거리듯 인파로 넘실대고 춤추는,

살아 있는 시장 거리가 미화는 왠지 좋다.

박씨 상회

칠복 상회

사람들 생김새만큼이나 다양한

여러 가지 과일과 채소, 갖가지 생선들을 바라보는 것만으로도

미화는 행복했다.

리어카에 가득 실린 고구마와 달콤한 과일들…….

여기저기 광주리에 가득 담긴 가을 열매들이 즐비하게 담긴

좁은 시장 통로를 걷던 미화는

순간 막내 미영이의 볼처럼 탐스러운 빨간 홍옥을 바라보았다.

사과 장사 아줌마가 꿀맛을 자랑하듯 반을 갈라놓은
홍옥의 향긋한 냄새는 바람을 타고 미화의 작은 두 눈 안에
들어와 어느새 마른 입안은 군침으로 가득 고여 있었다.

미화의 낡은 운동화는 엄마의 발걸음을 따라 걷고 있지만
두 눈은 앵두처럼 빨간 홍옥에 자석처럼 고정되어 있었다.

엄마는 군침을 흘리며 사과를 바라보는 미화의 표정을
훔쳐보듯 바라보다
멀리 서산에 지는 오후의 햇살에 조용히 시선을 옮기셨다.

다닥다닥 옹기종기 자신들의 맛과 향기를 선보이는 재래시장은
먹거리 가득한 별천지의 세상이다.

일 년 열두 달 철마다 옷을 갈아입는
잔칫집 아닌 잔치가 벌어지는 곳이기도 하다.

어느 방앗간에선가 달달 볶은 참깨로 흥겹게 참기름을 짜 내는 듯
고소한 냄새가 피부 깊숙이 스며들 즈음…….
어느새 좁은 시장 통로를 벗어난 엄마와 미화는
푸른 배추가 산더미처럼 쌓여 있는 너른 공터에
긴 그림자를 남기고 있었다.

이곳을 미화가 방문한 것이 오늘로 세 번째다.

와룡동에도 배추차가 온다.

김장철이 되어 동네 너른 공터에 배추차가 한 차례 오고 가면

미화네뿐 아니라 동네 이곳저곳 주민들이

앞 다투어 배추 겉잎을 주워가

경쟁 아닌 경쟁이 벌어지곤 했다.

하지만 이곳 용산시장엔 언제나 배춧잎이 풍성하게 널려 있어

경쟁하듯 줍지 않아도 되는, 인심 좋은 시장이었다.

엄마는 보아스 밭에서 밀 이삭을 줍던 여인 룻처럼

부지런히 푸르른 배춧잎을 찾아 줍기 시작하셨다.

미화도 서둘러 성한 배춧잎을 줍기 시작했다.

오후가 되면 이곳저곳으로 배추가 팔려 나간 자리엔

배춧잎이 발자국처럼 흩어져 있다.

운이 좋은 날엔 새끼 배추들이 통째로 버려져 있기도 했다.

두터운 삶의 시름을 벗어던지고 간 듯

남겨져 있는 배추 겉잎들은 어쩌면 하나님이 가난한 이들을 위해

예비해 놓으신 만나와도 같은 양식이었는지 모른다.

하루 종일 배추 상인들보다 더 많은 사람들이

가난 속에서 이곳을 오고가며 배춧잎을 줍고

그나마 감사하며 기도를 올리던 곳도

바로 이런 재래시장 통이었을 것이다.

엄마보다도 더 많은 배춧잎을 주우리라 생각한 미화의 앞가슴엔

어느새 한아름의 배춧잎이 베개처럼 안겨 있었다.

남보다 재빨리 좋은 배춧잎을 주워 모으는

낯선 사람들의 풍경을 본 미화는

이에 뒤질세라 뛰어 다니며 엄마보다 많은 배춧잎을 주웠다.

땅바닥에 펼쳐 놓은 분홍색 보자기 위로

배춧잎은 탑처럼 쌓이고 있었다.

연둣빛 속살이 그대로 남아 있던, 그나마 형태를 유지하고 있는

어린 배춧잎은 엄마의 손 안에서

매콤한 겉절이로 아님 나박김치로 탄생될 것이다.

또 진한 청록 빛깔을 띤 줄기가 억세어

수세미처럼 뻣뻣한 배추 겉껍질은 푹 삶겨져

부드러운 시래기 된장국이 될 것이다.

이마에 송골송골 이슬 같은 땀방울이 맺히는 것도 모르고

미화가 탐정처럼 구석구석 연한 잎을 찾아 두리번거리고 있을 때

엄마는 잠시 다녀오겠다며 시장통 속으로 사라지셨다.

미화는 엄마가 오실 동안

더 많은 배춧잎 줍기에 열을 올리고 있었다.

엄마가 아빠에게 사랑을 고백 받으시던 그곳이

바로 이 배추밭이었겠지?

시원한 바람이 미화의 머리칼 사이를 지나갈 때 불현듯 미화는

봄날 그 노란 배추꽃을 떠올리고 있었다.

잠시 자리를 떠나셨던 엄마가 미화를 부르며 달려오셨다.

이불보따리만큼이나 커져 버린 배춧잎을 보며 놀라신 엄마는

이마의 땀을 닦으시며 무언가를 배춧잎 속에 넣었다.

저녁시간이 다가오니 빨리 가자며 엄마는

서둘러 배춧잎 보따리를 꾹꾹 눌러 싸맸다.

어느새 책가방 크기만 한 미화의 보따리에도

어린 배추가 묶여 있었다.

엄마는 막내 기저귀인 하얀 무명 수건을

찐빵처럼 동그랗게 말아

이내 머리 위에 왕관처럼 자랑스럽게 올려놓으셨다.

길가에 고아처럼 버려진 듯 흩어져 있던 배춧잎들은

수분을 잔뜩 머금은 채 엄마의 머리 위에서

편안한 휴식을 취하고 있었다.

‘이상도 하지. 지난번에도 그랬는데……’

배춧잎들은 처음에는 가볍다. 그러다가 점점

시간이 지나면 축 처지면서 돌덩이처럼 무겁게 느껴진다.

‘무슨 과학적 원리라도 있는 걸까?’

미화는 땅에 끌릴 듯 점점 땅으로 내려가는 보따리를

다시 힘껏 들었다.

엄마의 상기된 두 볼처럼 붉은 서산의 해가

커다란 그림자 두 개를 전봇대처럼 길게 드리운다.

미화가 엄마와 함께 힘겹게 오르는 산등성에

제법 선선해진 가을바람이

촉촉하게 배인 땀방울을 차갑게 식히고 있었다.

“야호!”
“엄마닷!”

앞마당에 들어서자마자
단발머리 둘째 미경이가 방문을 박차고 달려 나왔다.

오래 참고 기다렸다는 듯 미경이는
무언가 맛난 것들을 기대하며
엄마 머리에 이고 있는 보따리는 아랑곳않고
엄마의 치맛자락만을 끌고 툇마루로 나아갔다.

서둘러 엄마의 짐을 받아 내리는 장남 명호의 눈동자에 비친

엄마의 목이 오늘따라 유난히 가늘어 보인다.

효자 명호가 또 다시 엄마의 마음을 헤아리고 있는 순간이었다.

미경이는 어느새 보따리 앞에 주저앉아

고사리처럼 작은 손과 이제 곧 빠질 것 같은,

간당간당 흔들리고 있는 하얀 앞니를 총 동원해

꼭꼭 묶여 있던 보따리를 힘껏 풀어 헤쳤다.

산처럼 쌓여 있는 배춧잎을,

절인 깻잎 들추듯 한 겹 한 겹 들추어내다

이내 실망한 얼굴로 울상을 짓던 미경이는

자신이 먹을 것은 하나도 없냐며 울상을 지었다.

미경의 얼굴에 실망의 낯빛이 사라지기도 전에

엄마는 배춧잎 사이사이를 뒤지시더니 무언가를 꺼냈다.

그것은 바로 큰딸 미화가 군침을 삼키며 바라보았던
보석처럼 반짝거리던 빨간 얼굴의 사과, 홍옥이었다.

탐스럽고 향긋한 꿀 내가 한없이 나던 그 홍옥이었던 것이다.

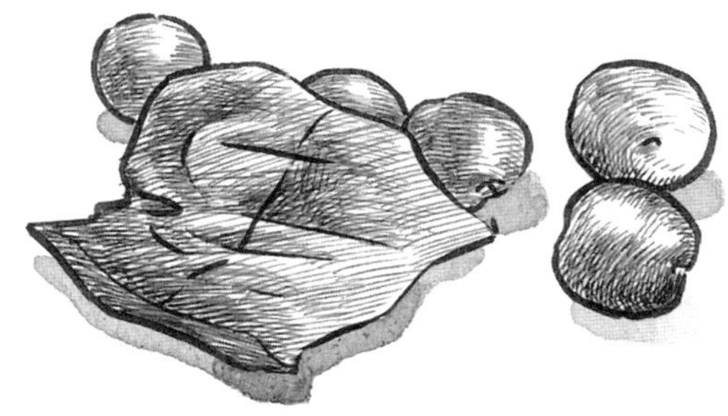

육남매라 해도

아버지와 엄마가 계신 여덟 식구가 살고 있는 집이건만

언제나처럼 엄마의 보따리엔

오늘같이 여섯 개의 과일만이 담겨 있었다.

때로 자신은 쫄쫄 굶으면서도

배불러 생각이 없다시며 부엌으로 나가시던 어머니…….

자식 앞에서만은 언제나 배가 불러서 못 먹겠다는 부모님…….

그러기에 착한 명호는 늘 자신의 간식들을

부모님께 먼저 드리곤 했다.

철부지 미경이는 제일 큰 사과 한 개를 골라

두 손 가득 집어 들고 한없는 욕심을 꿈꾸고 있었다.

사과를 쥔 두 손을 하늘 높이 쳐들고

마냥 행복해하고 있었다.

저리도 먹고 싶은 것을,

저리도 좋아하는 것을…….

엄마는 춤추는 미경이를 뒤로 하고 부엌을 향해 달려가셨다.

이웃집 생선 굽는 냄새가 굴뚝의 연기를 타고 흘러 나와
허기진 배들을 참지 못하게 만들었다.

미화는 서둘러 동생 미경이의 손에 있는 사과를 빼앗아 들고
수돗가를 향해 달려나갔다.

먼지가 다 가셔 뽀드득거리는 빨간 홍옥이

복스러운 얼굴을 자랑하듯 거울처럼 빛나고 있을 때

무거운 연장을 멘 아버지의 다정한 목소리가 들려왔다.

"명호야! 미화야, 미경아, 미숙아! 미영아! 아빠 왔다!"

자식들의 이름을 하나하나 다정하게 불러주시던 사랑 가득한

아버지이기에 어려운 살림에도 이렇듯 육남매를 두셨으리라.

하루 동안의 고단한 땀방울을 서둘러 씻어 내실 동안
부엌에 계신 엄마의 도마질 소리는 더욱 빨라지고 있었다.

아버지는 방문을 향한 작은 밥상을 얼른 받아들이시다
부엌 한 구석 채 정리가 안 된 푸른 배춧잎들을 바라보며,
한없이 미안한 마음에 고개를 숙이셨다.

어느새 구수한 시래기된장국 냄새는 행복처럼
좁은 방안을 가득 메우고 있었다.

"언제쯤 당신을 최고로 행복하게 해줄 수 있을까……."
조용히 밥상을 바라보는 아버지의 눈가에도 땀방울처럼
무언가 반짝거린다.

"역시 엄마가 끓여 주신 시래기된장국 맛이 최고예요!"

장남 명호가 뜨거운 국물을 삼키며 말하고 있을 때

휘영청 떠오른 보름달은

빨간 홍옥처럼 향기로운 산마을을 오래도록 비춰주고 있었다.

여보, 기억하오?

젊은 날 순수했던 그 시간들을 말이오.

그때 당신은 세상 그 누구보다도 아름다웠다오.
당신을 내게 보내준 하나님께
나는 감사의 기도를 잊은 적이 없다오.

못난 나를 믿고
가난한 살림 속에서도 미소를 잃지 않고 살아 준 당신이지만,

갑자기 먼 길을 떠나버린 당신이기에
고맙다는 말을…… 미안하다는 말을 못 전해 준 것이
너무도 가슴 아프구려.

무엇이 그리도 급했소.

당신을 힘들게만 한 나이기에
주님은 사랑하는 당신을
더이상 이 세상에 둘 수 없었나 보오.

나를 용서해 주는 거요?

여보, 오늘도 나는 당신이 보물처럼 남겨 놓은
우리 육남매 아이들이 있어
살아갈 수 있다오.
용기낼 수 있다오.

여보,
당신 그토록 좋아하던 노란 배추꽃이
천국에도 가득하오?

내 당신 만나거들랑 다시는 시들지 않을
영원한 사랑의 배추꽃을
가슴 가득 안겨 주리다.

더욱 사랑하리다.
다시는 그 고운 손 놓지 않으리다.

그때까지 여보 부디 잘 지내시오……

와룡동의 아이들 6
배추꽃 향기
ⓒ 전하리 2008

초판 인쇄 | 2008년 6월 20일
초판 발행 | 2008년 6월 27일

지 은 이 | 전하리
펴 낸 이 | 김정순
펴 낸 곳 | (주)북하우스
출 판 등 록 | 1997년 9월 23일 제406-2003-055호

주   소 | 413-756 경기도 파주시 교하읍 문발리 파주출판도시 513-8
전 자 메 일 | editor@bookhouse.co.kr
홈 페 이 지 | www.bookhouse.co.kr
전 화 번 호 | 031-955-2555
팩   스 | 031-955-3555

ISBN 978-89-5605-275-5 03810
978-89-5605-220-5 (세트)

이 도서의 국립중앙도서관 출판도서목록(CIP)은 e-CIP 홈페이지(http://www.nl.go.kr/cip.php)에서
이용하실 수 있습니다.(CIP제어번호:CIP2008001824)